FÁBULAS CABULOSAS
E OUTRAS
HISTÓRIAS SUBVERSIVAS

FÁBULAS CABULOSAS E OUTRAS HISTÓRIAS SUBVERSIVAS

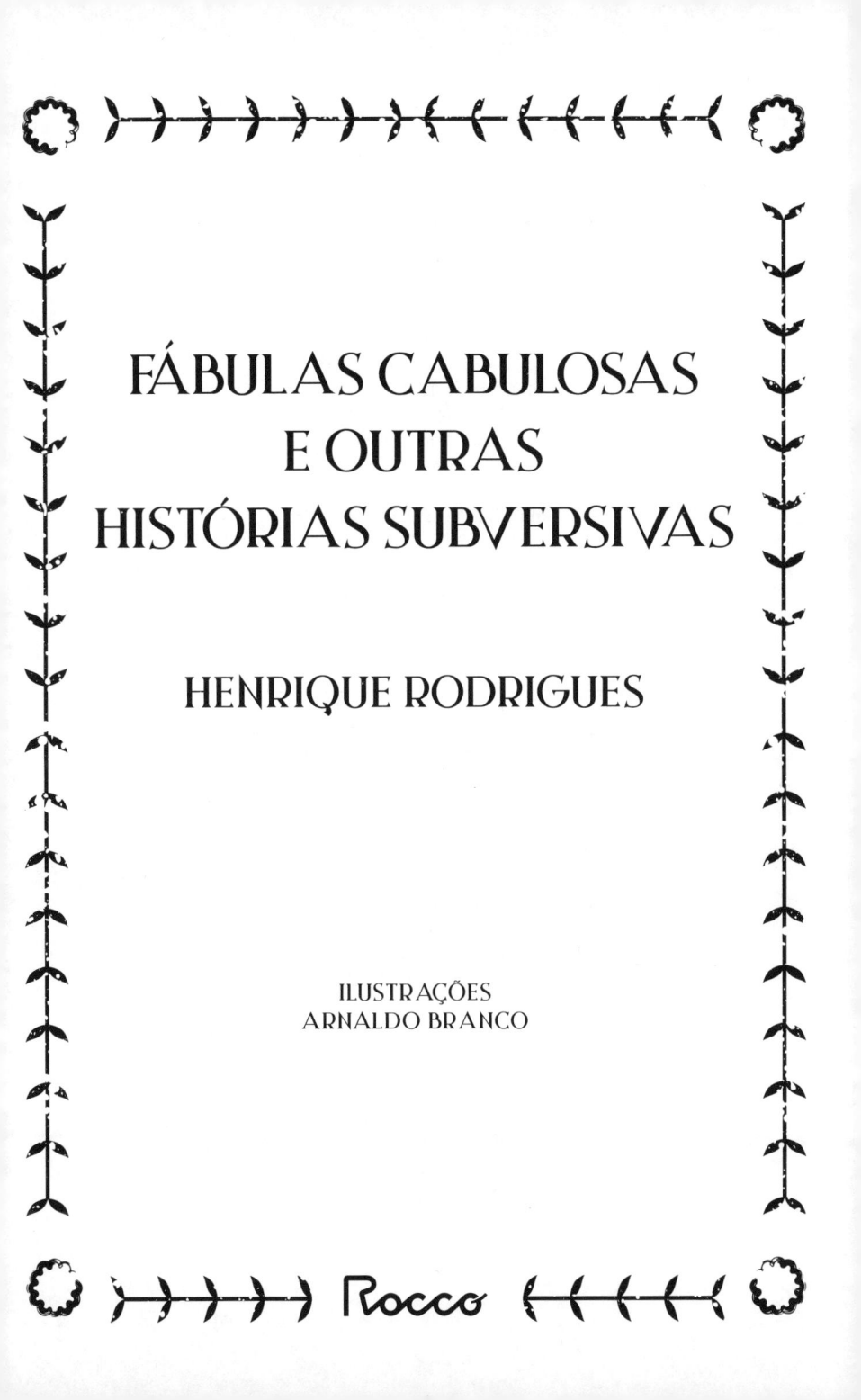

HENRIQUE RODRIGUES

ILUSTRAÇÕES
ARNALDO BRANCO

Rocco

Copyright © 2022 *by* Henrique Rodrigues

Ilustrações de capa e miolo: Arnaldo Branco

Ilustrações de abertura de capítulo: P.H. Carbone

Direitos desta edição reservados à
EDITORA ROCCO LTDA.
Rua Evaristo da Veiga, 65 – 11º andar
Passeio Corporate – Torre 1
20031-040 – Rio de Janeiro – RJ
Tel.: (21) 3525-2000 – Fax: (21) 3525-2001
rocco@rocco.com.br
www.rocco.com.br

Printed in Brazil/Impresso no Brasil

Preparação de originais
CAROLINA VAZ

CIP-Brasil. Catalogação na publicação.
Sindicato Nacional dos Editores de Livros, RJ.

R613f   Rodrigues, Henrique
         Fábulas cabulosas e outras histórias subversivas / Henrique Rodrigues ; ilustração de capa e miolo Arnaldo Branco. - 1. ed. - Rio de Janeiro : Rocco, 2022.
         : il.

         ISBN 978-65-5532-298-9
         ISBN 978-65-5595-153-0 (e-book)
         1. Ficção brasileira. 2. Crônicas brasileiras. 3. Humorismo brasileiro. I. Branco, Arnaldo. II. Título.

22-79607   CDD: 869
                              CDU: 821.134.3(81)

Meri Gleice Rodrigues de Souza – Bibliotecária – CRB-7/6439

O texto deste livro obedece às normas do
Acordo Ortográfico da Língua Portuguesa.

PINÓQUIO E A VERDADE RELATIVA

Com a crise da mídia impressa e o consequente fechamento de bancas de jornais que se recusavam a vender todo tipo de quinquilharia, um velho jornaleiro italiano, que atendia por Gepeto, decretou estado de calamidade pública, como está na moda. Mas como não recebeu nenhum auxílio financeiro do governo federal, o idoso se viu cada vez mais na penúria. Antes que morresse de fome, recorreu a um cursinho de empreendedorismo e aprendeu técnicas de marcenaria.

Começou vendendo miniaturas do Cristo Redentor para turistas e, como tinha experiência em dar informações na banca de jornal a todo tipo de gente perdida, logo foi ganhando a simpatia da clientela e montou uma lojinha. Mas o sucesso trouxe a solidão junto, e só então ele se deu conta de que gostaria de ter um filho.

Gepeto gostava muito de crianças, mas não tinha paciência alguma com adultos. Adotar um moleque não pegaria bem para um velho solitário, então lhe restou criar um filho de madeira para conseguir a companhia que tanto buscava. Como o fez com restos de pinus, deu ao rebento o nome de Pinóquio.

— Agora sim, *ragazzo*, serás meu guri! — disse com um tapa na cabeça do manequim inanimado.

Os clientes achavam estranho quando chegavam à loja e viam Gepeto falando com o boneco de madeira, que a muitos lembrava Chucky, o Brinquedo Assassino, ou aquele outro dos *Jogos mortais* — nunca o do *Toy Story*, pois a choldra puxa sempre para o mais pesado.

Enquanto todos já pensavam que o pobre velho estava caducando em esquizofrenia galopante, Gepeto mantinha o bom humor e, um dia, deu dicas turísticas a representantes de uma start-up gringa. Ao reencontrarem o velho italiano e tomarem conhecimento do caso do boneco, ofereceram uma versão beta do novo sistema de inteligência artificial que vinham construindo. Instalaram toda a parafernália e todos os programas dentro do boneco de madeira e, em pouco tempo, Pinóquio andava, falava e aprendia com o pai, inclusive repetindo aquele gesto com a mão que todo italiano faz.

— Como ainda é um protótipo, o nariz vai indicar qualquer eventual falha de software — alertou o gerente de produto, um jovem pálido, com cara de quem sempre soltou pipa no ventilador.

Quando Gepeto ia perguntar mais detalhes sobre como resolver essas falhas, o grupo saiu correndo para caçar Pokémons nas cercanias, deixando-o só com o filho.

E, como Pinóquio agia basicamente como um menino normal, foi para a escola, gostava de brincar de pega-varetas e com palitos de picolé como se fossem Playmobil, além de outras distrações temáticas. Sempre que amigos perguntavam se desejava ser um menino de verdade, respondia que não se considerava um menino de mentira. E assim os deixava confusos e admirados.

— O que é ser um menino? Zumbis têm carne e osso, e são mais humanos do que eu? Quem somos nós para definir a natureza da alma? — perguntava, cheio de metafísica.

Daí que o jovem amadeirado sacou que o lance era deixar as pessoas pensarem — ou, pelo menos, fazê-las pensar que estavam pensando. Em pouco tempo, Pinóquio já fazia pequenos vídeos motivacionais sobre diversidade, pertencimento, protagonismo, territorialidade e superação, angariando milhões de fãs nas redes sociais. Criou um canal chamado Karadep@w, que se transformou num livro de autoajuda disputado por grandes editoras. Abandonou o pobre Gepeto, que, desconsolado, adotou um bonsai e passou a falar com plantas.

— Boneco, não. Sou um *action figure* empoderado! — bradava em programas de entrevista.

Celebridade, Pinóquio estava em todas: linha de cosméticos, roupas, brinquedos, games, desenho animado e utensílios variados. E, como todos estavam hipnotizados por tanta papagaiada de márketim, ninguém nunca reparou que Pinóquio saía com um nariz de vantagem.

Moral: Se liga, mermão, que o cabo do machado é feito de madeira.

CINDERELA EMPODERADA

Reza a lenda que havia por estas plagas uma novinha chamada Cinderela. Filha de pai comerciante do tipo novo-rico, aqueles da burguesia emergente da Barra da Tijuca, a menina tinha de um tudo ao simples estalar dos dedos.

Uma vez que o pai só se dedicava aos negócios e a mãe havia se mandado para a Europa com o personal trainer, restava à pobre menina rica destilar sua existência entre shoppings e baladas para moças de fino trato. Mesmo porque ficar em casa significava ter de aturar a madrasta e suas duas filhas. Se a primeira era uma madame daquelas feias por dentro e por fora, as filhas não ficavam muito para trás, igualmente fracas de feição e profundamente destituídas de dotes físicos, de encanto ou graça.

Até que um dia veio a crise ("Crise, que crise?", pergunta-se o leitor desavisado, a quem se recomenda uma breve leitura de um jornal), cujo resultado imediato foi um piripaque devastador que fez o pai bater as botas.

E assim restou à madrasta continuar criando a pobre (agora sim) Cinderela. Os cartões de crédito e o celular foram retirados da moça, que foi obrigada, ainda, a trabalhar num fast-food para ajudar em casa, onde também tinha que lavar, passar e cozinhar para as três dondocas. Que crueldade, poxa!

Acontece que, em dado momento, foi anunciado um grande baile, com muita gente bonita, clima de paquera e damas grátis até meia-noite. (Esse último item seria retirado da divulgação porque muitos galalaus equivocados poderiam chegar ao local dizendo "ok, eu quero a minha para viagem".)

E o DJ convocou geral para o evento, queria todas as meninas da região, a fim de escolher a rainha da parada. Como a madrasta feiosa soubesse que Cinderela iria chegar causando ao baile, proibiu-a de participar, argumentando que a jovem não tinha trajes adequados para tal festividade.

Mais triste que cerveja choca, Cinderela seguiu a dica de umas amigas e passou num brechó, onde adquiriu a preço de areia (o preço atual da banana-prata nos impede de usar a expressão correta) um look basicão de shortinho e top. A vendedora, no entanto, alertou que as peças precisavam ser lavadas antes do reúso, pois não se sabia sua procedência. Mas, na pressa, Cinderela se trocou e tomou a carreira para o baile.

E então a madrasta e as duas filhas estavam lá, torcendo para serem clicadas com seus vestidos de casamento dourados e excesso de maquiagem que já endurecia seus rostos em máscara, até que Cinderela fez uma entrada triunfal justamente quando tocava um funk clássico da década de 1990. "Essa manda bem no passinho", disse o DJ lá do alto, já apontando para sua escolhida. No entanto, quando ele desceu para buscar a eleita, algo inusitado aconteceu.

Conforme Cinderela ia dançando, seu suor foi se misturando ao da antiga dona da roupa, gerando um bodum sinistro e matador, que fez a jovem se pirulitar do baile numa carreira de fazer inveja ao Usain Bolt. Na pressa, um dos pés do seu tênis ficou para trás. E o DJ ficou apenas com essa lembrança da sua musa daquela noite.

Nos dias seguintes, ele correu por toda a região atrás de uma moça que tivesse perdido um pé do tênis. Estava obcecado, com ideia fixa na coisa. E várias garotas diziam ser delas o tal calçado, mas em algumas nem entrava no pé, e havia outras que o DJ nem queria que tentassem calçar, como foi o caso das duas irmãs brucutus.

Já desconsolado, viu que na rua havia uma moça entrando numa lanchonete, e ela estava apenas com um pé calçado com o tênis, no outro, um chinelo. Pensou que valia a pena confirmar.

— Minha princesa! — disse o DJ à Cinderela, mostrando o tênis, que só então descobriu ser parte do uniforme da lanchonete.

— Aff, dá isso aqui. Agora vaza! — respondeu a moça, em tom de estresse.

— Mas como? Você é a minha escolhida do baile. Vem ser minha poderosa! — implorou o DJ, balançando os cordões e as pulseiras de ouro.

— Jamais! Sai pra lá! — replicou a moça.

— Mas você não foi ao baile para ser a rainha?

— Quem te disse isso? Eu fui só pra dançar mesmo. Eu hein... — finalizou Cinderela, que pegou o tênis e saiu correndo para bater o ponto. E, quem sabe, ser Funcionária do Mês.

Moral: Nem toda madeira que boia é jangada.

João e Maria
Empowered Youth

E ra uma vez uma periferia urbana no meio da floresta.[1] Nela vivia uma família feliz, pelo menos na maior parte do tempo. Contanto que não cortassem o wi-fi, todo contratempo era passível de superação imediata.

Pai, mãe e dois filhos, que se chamavam João e Maria,[2] compartilhavam a rede tranquilamente, sem nenhum comprometer a largura de banda do outro, até que veio a crise. "Que crise?", perguntavam-se, até que sentiram na própria carne quando foi necessário diminuir a quantidade de MB da conexão.

À noite, os pais conversavam enquanto faziam contas e gráficos de risco SWOT:

---

[1] "Não pode ceee", bradaria um urbanista tradicional, que postaria logo um textão com indiretas, ignorando que as noções de espaço e território transbordam de uma geografia limítrofe e classista, em prol de uma noção subjetiva do *locus* identitário.

[2] Criatividade nos nomes não era o forte dos pais.

— Já não são grandinhos demais para continuarem morando aqui conosco? Não é hora de saírem em busca de um sistema meritocrático que lhes dê o devido espaço na vida? — argumentou a mãe, empreendedora.

— Sim, essa geração só quer moleza. Com a idade deles, eu mesmo já tinha o meu 3G próprio! — sustentou o pai, com autoestima elevada.

— Peraí, mas na sua idade o advento da revolução digital nem havia acontecido ainda! — lembrou a mãe, acusando o pai de superestimar um reles pager que, de fato, o patriarca teve à época.[3]

Mal sabia o casal que os dois jovens, apesar de cada um com seu fone de ouvido e aparentemente focados nos canais de vídeo que assinavam, na verdade lançavam mão das propriedades multitarefa das quais a geração Z[4] era dotada. Daí que os moleques ouviram tudo e resolveram criar polêmica:

— Esses velhos querem roubar o nosso empoderamento! — Maria enviou pelo zap.

— Sim, o nosso protagonismo! — respondeu João pela mesma via de comunicação expressa.

---

[3] O pai fazia estágio na empresa de pager e havia sugerido contratar o Papa-Léguas como pássaro propaganda fazendo *beep-beep*, ideia logo descartada devido a violações de copyright e bom senso.

[4] Os mais velhos trollam tal geração como Z de zumbi, mas na verdade só querem ocultar o desespero para nomear a geração seguinte, uma vez que acabaram as letras do alfabeto.

Em sistema cooperativo, imbuídos de pertencimento e perspectiva de reconstrução do real enquanto sujeitos num mundo pós-moderno e fragmentado, os dois acordaram mais cedo e decidiram, eles mesmos, tomar uma atitude antes proativa do que reativa: preencheram um formulário on-line de intercâmbio numa start-up e partiram rumo ao business do negócio[5] que é o mundo corporativo. Quando os pais acordaram, já não havia nenhum feedback da prole, e os dois ficaram em dúvida se a iniciativa dos jovens configurava um *statement*.

Na floresta, João e Maria se guiavam pelo roteiro de captura de Pokémons no aplicativo de realidade aumentada que haviam instalado recentemente. Entre pikachus e bulbassauros, eis que João avistou logo perto um monstrinho raro:

— Olha, Maria, um guéri-guéri[6] lendário!

O *spot* que a trilha lhes indicava era nada menos que uma lan house totalmente coberta de roteadores wi-fi, mas de sinal fechado, cuja senha era conhecida apenas pela proprietária, uma senhorinha cheia de pertencimento com legging de academia. Ao avistar os dois jovens que já tentavam hackear o sistema, a mulher na melhor idade bradou:

— Parem já com isso, que eu domino esse gap geracional!

---

[5] Ou o negócio do business?
[6] A evolução do lero-lero.

— Corre, João, que ela é toda vintage! — ordenou Maria, já em dúvida se o choque se tratava de uma vivência ou experiência.[7]

Uma vez que não foram bem-sucedidos na empreitada de curto prazo, os dois concluíram que o melhor por hora era voltar para a segurança dos pais, até que outra janela de possibilidades se lhes fosse aberta rumo à conquista da autonomia e liberdade individual enquanto sujeitos subjetivos cientes e conscientes da sua existência em si mesmos e no auto-horizonte de perspectivas e releituras de mundo.

Todavia, como tivessem capturado todos os Pokémons da trilha, não era mais possível encontrar o caminho para casa.

E João e Maria foram *freelas* para sempre.

Moral: A única coisa analógica e digital ao mesmo tempo ainda é o exame de próstata.

---

[7] Cf. "Tratado Geral do Oco Exterior", de Pair Mênides.

OS TRÊS PORQUINHOS PROATIVOS

IMOBILIÁRIA 3 PORQUINHOS

INFELIZMENTE SÓ VENDEMOS NA PLANTA, SR.

Era uma vez três moleques, dois dos quais eram bem gordinhos. Sua adiposidade exagerada não era decorrente do fato de serem jovens suínos, como você pode esperar por conta do título óbvio desta história, mas porque viviam sob a tranquilidade do sedentarismo contumaz. E, se eram porquinhos, isso se dava apenas pelo relaxamento com que deixavam pratos, copos e caixas de pizza por toda parte, com a preguiça típica dos adolescentes que evitam qualquer esforço físico por conta dos hormônios em profusão eufórica.

"Não lavam um copo", reclamava o terceiro irmão, com Índice de Massa Corporal dentro dos limites e adepto da culinária vegana. Mas a mãe protetora não criticava os outros dois balofos, redistribuindo igualmente eventuais esporros pelos três, mas sem resolver a causa do problema, numa vista grossa que irritava ainda mais o irmão esguio.

Até que, num dia, a pensão do ex-marido deixou de cair na conta, em virtude de uma onda de desemprego que varreu todo o ecossistema local. Daí que a mãe caiu em si e reparou que era hora de colocar os filhos para contribuírem na composição da renda familiar. Digo, os três não, apenas o mais prestativo, pois os outros dois, coitadinhos, não podiam sair muito de casa, pois eram lentos demais para qualquer coisa.

Sabendo que muito em breve iria se tornar arrimo de família, e ciente da vida molezinha que os irmãos levavam, o filho fitness resolveu se igualar a eles. Simulava indisposição, passou a comer gordura trans em quantidades absurdas e, em pouco tempo, estava prostrado igual aos outros, numa tríade descomunal e improdutiva.

"Assim não dá", disse a mãe, que, de imediato, matriculou os três filhos num cursinho para jovens empreendedores, regado a autoajuda e citações filosóficas de origem duvidosa. Com muito esforço, os três decidiram criar, via incubadora de empresa júnior, um projeto de micro-habitações para que cada pessoa pudesse se afastar do mundo e apenas ficar morgada no aconchego do lar. O nome gourmetizado OINC (Observatório Individual de Novidades Criativas) vendia melhor para futuros investidores, que esperavam um protótipo para, na sequência, despejarem grana no projeto posterior, com aplicações em escala.

Mas os irmãos não entravam num consenso sobre como desenvolver o primeiro OINC. Dos três gordinhos, o mais devagar queria construir uma cabine de palha: "Tipo uma oca indígena, só de boas com a natureza, poxa." O segundo, descansado, porém malandro, queria mostrar serviço, se preocupando em apresentar algo que estivesse na moda, de acordo com o ecologicamente correto, mesmo sabendo que não seria capaz de pôr em prática: "Proponho uma solução sustentável à base de garrafa pet e telhado verde com captação de energia solar, eólica e de água pluvial. E, também, um sistema para reaproveitamento de urina. A *fan page* do projeto está no ar e já tem mil curtidas!" Já o terceiro, agora adequado ao modo de trabalhar dos dois irmãos, ficou apenas no feijão com arroz: "Um puxadinho resolve..."

Os investidores, vendo que não havia alinhamento nenhum entre os brothers, decidiram dar corda aos três projetos para, ao fim, decidir pelo melhor, num sistema teoricamente democrático e motivador.

Um mês depois, no dia da apresentação, bateu uma chuva de vento que destruiu logo a casinha de palha, que tinha sido construída às pressas na véspera, como um trabalho de escola.

O segundo não fez a casa, mas mandou uma apresentação em vídeo e outra em Power Point cheia de gráficos coloridos.

Já a meia-água do terceiro, apesar de tosca, estava lá, firme e forte. Para provar que funcionava, o novo gordinho ficou dentro da construção e, com o barulhinho da chuva, pegou no sono. E assim teve o projeto descartado por ser, segundo a banca, simplista, nada inovador.

"Falta *punch*, sabe?", disse um dos investidores de moletom. Por fim, o projeto escolhido foi o das apresentações coloridas, que bombou na internet. O porquinho até hoje faz palestras corporativas com títulos como "The OINC Project — um *case* de sucesso" sem nunca ter precisado construir uma casa sequer.

Moral: Ter focinho de porco não garante uma tomada de posição.

PETER P@N E A SÍNDROME DO PETERPÂNICO

Era uma vez um jovem que, como todos os demais, estava embebido de empoderamento da sua voz como ser social, além de pertencimento da territorialidade mundana e do protagonismo proativo diante da rapaziagem.

Assinava Peter P@n nas redes sociais, assim bem anglófilo mesmo, e com direito a arroba, por conta da ampliação da comunicabilidade e porque ficava mais da hora. Justamente por isso, o mancebo tinha muitos seguidores no Facebook, Instagram, Twitter, TikTok, Snapchat e em outro aplicativo que já saiu de moda entre a escrita deste conto e sua publicação. Seu canal no YouTube, em que comentava sobre as próprias postagens nas outras redes sociais (cujo assunto principal, por sua vez, era a repercussão do canal), começava a bombar. Já pensava em fazer livro, caneca e camiseta, a fim de agregar valor ao autoimpulsionamento.

Mas Peter, tal como um Playmobil, era relativamente articulado. Ainda que mal saísse de casa, participava de todos os abaixo-assinados que chegavam por e-mail, num engajamento digital de dar gosto. Na segurança virtual, não deixava de atacar maiorias e minorias, de acordo com o termômetro do politicamente correto da semana. Assim como o ovo e o café, mudava de postura de acordo com as pesquisas recentes, garantindo *likes* suficientes para, em poucos meses, começar a se entender como uma celebridade.

O que ninguém imaginava era que havia certa preocupação com o fato de o rapaz ter abandonado os estudos para se dedicar à nova profissão. Algo de que o pai desconfiava por não achar aquilo trabalho de verdade, mas a que, por outro lado, a mãe dava força — ela mesma começou a surfar na onda virtual que o filho gerava, tendo concedido uma entrevista sobre "a vida pessoal do Peter" para um blog de fofocas.

Os tempos foram passando, passando, e as tecnologias, evoluindo, evoluindo, até que surgiu um projeto-piloto de realidade virtual a que só teriam acesso uns poucos jovens antenados, grupo do qual Peter fazia parte. E, nesse mundo novo, chamado de Terra do Sempre, a imersão era um tipo de Matrix, porém mais colorida e cheia de aventuras irresistíveis: luta contra sites piratas, fadinhas, crocodilos e indígenas. A essa altura, *Pokémon Go* era apenas uma referência legal antiga, tipo Atari.

Peter P@n não conseguia sair mais daquela projeção virtual, e o mundo cá de fora, chato pacas e limitado, era apenas tolerável à base de ansiolíticos cada vez mais fortes. Em dado momento, conforme o jovem esperneasse entre frescuras leves e convulsões babantes, a família desistiu de vez e passou a injetar os remédios através de sonda, por onde também começaram a ir os alimentos que o mantinham vivo. O pai, resiliente, parou de reclamar porque o canal Peter na Terr@ do Sempre já trazia rendimentos consideráveis para pagar o seu uísque 12 anos.

E assim, o jovem Peter P@n, atrofiado e plugadão, chegava aos 40 com corpinho e cuca de 15.

A natureza humana tarda, mas não falha. Daí que Peter chegou voando em realidade aumentada na casa de uma jovem, por quem ele gamou de cara, fazendo tremer a fralda geriátrica que usava no mundo real. A menina, pálida e de óculos largos, datilografando poemas concretos numa antiga máquina de escrever, era neo-hipster e abdicava de quase todas as parafernálias tecnológicas, de modo que ela nem tchum pro adolescente tardio que fazia caras e bocas ali ao lado.

Como os índices de serotonina baixaram por conta do toco real-virtual, a única solução encontrada foi a família aumentar a dosagem do remédio de tarja preta, cujo efeito imediato foi o rapaz converter a rejeição em força produtiva, criando o canal Forevis Young, mais um *case* de sucesso.

Moral: Tem gente que se esforça para ser jovial e mal consegue ser imaturo.

CHAPEUZINHX VERMELHX

BUM!

QUE BARULHO ENORME É ESSE?

É O SOM DO TABU SENDO QUEBRADO!

Chapeuzinhx começava a compartilhar um post estilo textão sobre a dissolução das representações de gênero além do discurso acerca de pertencimento e territorialidade, quando a mãe lhe transmitiu a demanda:

— Leva esses tupperwares tudo pra tua vó, que ela comprou.

Como não tivesse havido qualquer resposta por conta do foco na telinha, a mãe descansou a mão no pé do ouvido dx filhx, com ênfase, ratificando o *job*:

— Desgruda desse celular, que vou te enfiar orelha adentro pra ver se me escuta. Estopô!

Contrariadx nas suas prioridades individuais, Chapeuzinhx saiu num resmungo a fim de dar conta da missão. No ponto de ônibus, ficou na dúvida se pegava o expresso, que cortava no zoom pela comunidade do pipoco, ou o parador, que demorava, mas dava a volta por fora do risco. Mal sabia que era observadx pelo sujeito peludo e grotesco, cuja camisa tinha a estampa "vid@ bandid@".

Como quisesse voltar logo para casa, Peuzim, como era chamadx pela galera, optou pelo trajeto mais rápido, seguidx pelo indivíduo coletivo adentro.

Entediadx sem o celular e longe do seu mundo, x jovem levantou o capuz vermelho do casaco para não ter que encarar os demais, ainda que a maioria estivesse concentrada nos respectivos zaps. Nisso, o peludo lhe chegou junto e perguntou:

— Que tem dentro desse monte de pote aí, garotinhx?

— Não é pote, é tupperware, seu desavisado — respondeu Peuzim, notando logo que falava com alguém de extrema direita por conta de tanta ignorância. — E tá tudo vazio. Minha avó, que mora lá pro outro lado, encomendou na revista. Mas isso não é da sua conta.

— Hmm, tá beleza... — disse o sujeito, se afastando e começando a pensar que uma depilação à base de cera talvez o ajudasse na sociabilização.

Desceram no mesmo ponto, e cada um seguiu para um lado.

Ao chegar à casa da avó, Peuzim jogou o fardo sobre a mesa e viu que a idosa estava estranha sobre a cama. Ao se aproximar, indagou:

— O que tá rolando, vó? Caiu o wi-fi? Tá magra, hein. E essas butuca aí?

— Ah, criança, é o Estado que não paga o benefício...

— E esse bigode aí, vó? Nunca tinha notado.

— Ah, coisa pequena de vó, é só um buço. Você sabe, tenho parente em Portugal...

— Tanto faz. Mas, peraí, que dente grande é esse, pô?

— Ah, inocência, fiz dentadura nova. Ainda tô me acostumando com essa canjicada... Mas desde quando você liga pra superficialidade da aparência?

Foi nessa que Peuzim deu um salto pra trás, desmascarando a farsa:

— Não rola! Minha avó não liga pra essas frescuras, ela é toda trabalhada nos detalhes. Eu sei quem você é, seu sexista limitado, neocoxinha que não curte nem compartilha! Quer roubar o meu protagonismo, o meu empoderamento!

— Ahh, eu só queria os tupperwares! — gritou o Lobão, todo materialista, mas nada dialético, pegando o conjunto de potes de grife para, em seguida, sair correndo pelas ruas cantando "Vida bandida".

A avó chegou da excursão a Conservatória e, vendo x netx cabisbaixx por ter perdido os potes, consolou:

— Chapeuzinhx, desapega. Vai arrumar namoradx.

— Vovó, eu gosto é de pessoas, sou todx alteridade... Mas a revista vai virar o mês, e eu é que vou ter que pagar. O negócio tá osso.

E saiu atrás de uma lan house onde pudesse postar o ocorrido, visto que ficaria sem o celular por semanas.

Moral: Olha bem:/ a esquerda de quem vai/ é a direita de quem vem.

O PEQUENO POLEGAR
E A INCLUSÃO DIGITAL

Existiu uma vez, mas contando assim parece até que foi ontem, um jovem chamado Pequeno Polegar. Tinha esse nome por conta daquelas apelidações irônicas de canalhas que não valem um centavo, uma vez que, na verdade, o rapaz tinha quase dois metros de altura.

Como acontece em todas as histórias, o pobre era de uma família muito idem (técnicas questionáveis para evitar a repetição de palavras): morava numa favela — que o pessoal das ONGs insistia em chamar de "comunidade" — e era feliz do seu modo. Inclusive porque, apesar das dificuldades, era esperto pacas e enxergava longe, ignorando toda a trollagem cotidiana, inclusive a de ser chamado de troll.

Vale lembrar que o irmão caçula, de 1,60 metro, era o primeiro a incentivar o companheiro de beliche, daquele jeito suave que só os irmãos fazem: "Você pode ter altura, mas eu é que tenho grandeza, ô Pau de Sebo."

Um dos motivos pelos quais vivia na bancarrota era porque o pai insistia numa profissão um pouco fora de moda naqueles tempos e naquele lugar: lenhador. Com o desmatamento urbano em níveis catastróficos, era cada vez mais difícil conseguir material, e os únicos compradores eram as pizzarias com fogão a lenha da região. "Meu avô era lenhador, meu pai era lenhador, eu sou lenhador e vocês deveriam honrar a tradição. O lema da família é: sou pau pra toda obra!", repetia todo ano aos filhos, que apenas respondiam revirando os olhos.

Acontece que, por literalmente enxergar longe, certa vez Polegar viu um outdoor de uma instituição que oferecia cursos gratuitos profissionalizantes a algumas centenas de metros. Tendo terminado o Ensino Médio, o mancebo se via diante das seguintes opções: trabalhar no McDonald's, ser estoquista de loja de shopping, entrar para o tráfico ou para o serviço militar. Ainda que fossem as escolhas mais fáceis, descartou as duas últimas por absoluta falta de vocação. "Desculpa, tio, é que eu na verdade tenho medo de arma, exceto em videogame", disse em ambas as situações, ajeitando os óculos.

Ao chegar à instituição social vestindo sua melhor roupa, mesmo que estivesse desconfortável (a mãe o obrigava a usar camisa de botão toda fechada e por dentro da calça, outra tradição familiar), Polegar descobriu que ofereciam bolsas para cursos que estivessem com baixa demanda nas universidades privadas — usando leis de incentivo e posterior desconto no IR numa dessas jogadas incrivelmente lucrativas. Sua senha o enviou para uma sala em que seria feita a triagem, que separava as pessoas por afinidade após responderem a testes psicotécnicos tão precisos quanto provas de programas dominicais da televisão.

Como o destino se diverte com a condição humana, é claro que Polegar foi indicado para ser proctologista. Sem opção, porque frequentar um curso superior era um luxo que não podia ser recusado, novamente passou por dificuldades durante a adaptação, especialmente nas provas práticas.

No último período da faculdade, na disciplina cujo apelido criado pelos alunos era "Papo Reto" (o nome "Propedêutica e Terapêutica na Prática Proctológica" era muito chato, diziam), recebeu o alerta do professor:

— Meu camarada, já reparou que o seu dedo indicador é do tamanho de uma cenoura? Das duas, uma: ou você vai ter muito fracasso ou muito sucesso na profissão, isso eu garanto!

Como sempre fazia, Polegar respondeu timidamente — no caso, cheio de dedos:

— Professor, vou trancar a facul. Acabei descobrindo que meu sonho mesmo é ser músico.

— Nesse caso você tem um problema *edipiano*! Hahaha! — comentou o professor, exímio trocadilhista depois de décadas na profissão.

No final das contas, o preço do botijão de gás aumentou tanto que as pessoas voltaram a cozinhar com lenha, aumentando a demanda do trabalho de casa, envolvendo toda a família. Nas entregas, Polegar agora é chamado carinhosamente de Varapau, mas não liga pois sabe que está acima disso tudo.

Moral: Ou a pessoa é para o que nasce ou nasce para o que é.

A BELA ADORMECIDA ~ OU ALGO ASSIM

Era uma vez uma garota jovem e bela, pelo menos considerando o que as revistas da época apontavam como o ideal de beleza. Seu nome era Aurora, não necessariamente por ter nascido de manhã cedo, mas porque o pai adorava a marchinha de Carnaval, especialmente na segunda parte, em que a personagem da música iria se dar bem caso se casasse com algum afortunado:

Um lindo apartamento
Com porteiro e elevador
E ar-refrigerado
Para os dias de calor.

Madame antes do nome
Você teria agora,
Ôôôô, Aurora.

Disso se nota que os pais de Aurora seguiam as tradições familiares locais típicas das classes sociais emergentes — ou seja, pequenos burgueses em busca de franca ascensão.

Mas é claro que, se tudo acontecesse como o planejado, não haveria história para contar. No aniversário de 15 anos de Aurora, os pais fizeram uma festa daquelas, com direito a valsa e o escambau, nesses ritos de passagem tão queridos quanto cafonas, segundo algumas pessoas que vão aos eventos, comem e se divertem horrores só para, no dia seguinte, falar mal pelas costas: "Os salgadinhos estavam frios..."

É por isso que, considerando o custo por cabeça, foram seletivos na hora de convidar as pessoas. Justo porque a maioria dos presentes deveria ser a galera de Aurora, em especial algum pretendente que, sabe-se lá, tivesse um dote suficiente para elevar a classe da família. Assim, a cota para a parentada acabou reduzida, de maneira que tiveram que limar a turma mais afastada, ou mesmo selecionar os convidados por aquele critério de bom senso que só se fala a portas fechadas, e que se torna evidente em festas de fim de ano: "Fulano/a é uma tremenda mala sem alça!"

Numa dessas é que aquela tia mais ranzinza e insuportável (você lendo aí tem uma dessas, segundo as estatísticas) não foi convidada, o que, pela sua natureza inconveniente, não a impediu de aparecer assim mesmo na festa. Para piorar, era madrinha de Aurora, numa daquelas concessões pontuais que fazem a família se arrepender pelo resto da vida.

Assim como quem tem mau hálito não sabe do mal que causa ao próximo, o indivíduo chato não tem ciência da própria chatice. Daí que a tia-madrinha mala não cessava de pular de mesa em mesa desfiando suas maledicências:

— E o que é esse mau gosto do vestido da Jorgete? Com aquela barriga, Ronaldo nunca vai conseguir emprego! Janete se separou de novo, mas também quem é que aguenta? Robson trocou de carro, mas aposto que tá devendo dinheiro pra Deus e o mundo etc. etc.

Em dado momento da festa, quando todo glamour inicial tinha acabado e Aurora já tinha bebido mais do que o suficiente para explodir meia dúzia de bafômetros, a tia viu a afilhada descalça, amassada e dançando sozinha uma música diferente da que estava tocando, e disparou na frente de todo mundo:

— Que horror, menina! Assim não vai arrumar namorado!

A ciência dos seus 15 anos, já com opinião formada sobre o que quisesse, somada ao grau etílico do momento, fez a jovem responder de pronto:

— Ô, sua babaca, saiba que ninguém te queria aqui!

Como se costuma dizer, a pior queda é cair em si. A tia mala, antes de se pirulitar, disparou:

— Olhe bem, praga de madrinha pega, tá, garota? O álcool vai ser sua ruína, sua ruína! Ahahahaha!

Se o melhor da festa é esperar por ela, é porque o pior dela é quando acaba, especialmente para quem limpa ou fica com a conta. O pai, saudoso das chamadas "festas americanas", em que cada um chegava trazendo um doce ou salgado para contribuir com o convescote, estava tão preocupado em pagar os aluguéis de roupas, salão, bebidas, garçons etc. que nem notou que a filha estava em coma alcoólico, uma vez que a festa havia continuado em casa com os mais chegados. A mãe acordou com dor de cabeça e não sabia se levava a filha para um hospital ou se lhe tacava refrigerante goela abaixo, já que todos os ressacados diziam que ela precisava de glicose.

Eis que, vendo Aurora inconsciente no meio daquela confusão, um dos jovens, feio de dar dó (segundo os conceitos de feiura da época, claro), aproveitou para lascar um beijo na garota, algo que pretendia fazer na noite anterior — quando suas investidas tiveram como resposta o bom e velho toco: "Nem sonhando!"

Fosse por receber o bafo matinal adolescente após a mistura de toda sorte de bebidas consumidas, fosse o instinto de preservação que é ativado em situações de perigo, o fato é que Aurora se levantou num pulo e, olhando o rapaz ainda com a boca semiaberta, apenas repetiu:

— Eu disse nem sonhando! Eca! — e vomitou.

O rapaz desiludido saiu correndo, chorando, e, vendo-o entrar num carro de luxo, o pai correu para a filha e disse:

— Mas, filha, ele parecia ter tão bom coração...

Moral: "Não" significa apenas "não" mesmo, rapeize.

JOÃO, O PÉ DE FEIJÃO E O VEGETARIANISMO COMPULSÓRIO

João era um garoto pobre, claro. O perrengue era o estado habitual da família, interrompido apenas quando acontecia algo milagroso, como na vez em que a mãe ganhou uma vaca na rifa, cujo vendedor era seu irmão enrolão, que a convenceu a não matar o animal. "Pelo menos está garantido o leite das crianças", pensava, ainda que o quintal da casa fosse tão pequeno que só a vaca ocupava quase todo o espaço.

Meses depois, como era de se esperar, chegou mais um tempo de vacas magras. A situação não deixava escolha que não a de sacrificar Mimosa, que a essa altura, além de ter nome, era tratada como um cachorro grande, recebendo todo o carinho da família.

João, naturalmente, era contra a ideia de matarem sua pobre vaquinha, inclusive porque quase não comia carne perto dela — na verdade, nem longe, uma vez que a condição de menos aquinhoados os tornava vegetarianos por falta de opção.

Num fim de tarde em que levou Mimosa para passear e fazer suas (da vaca, né?) necessidades fisiológicas pelas ruas — o que o fazia receber olhares de desaprovação, especialmente dos moleques que, no meio do futebol de rua, tinham que subitamente desviar de um monte de bosta fresca —, João pensou em como salvar a sua amiga bovina. Em casa, as facas estavam afiadas, e vizinhos e parentes, do nada, apareciam sem avisar. Na região, um boi atropelado sumia em menos de um minuto, de modo que a notícia de uma possível lasca de carne circulou rápido.

Eis que, sabendo que João era meio bobo — o rapaz não tinha nenhuma deficiência física ou psicológica específica que o impedisse de discernir entre o certo e o errado, mas era apenas dotado da ingenuidade típica dos distraídos; e isso nem é determinante, uma vez que, se tivesse, também poderia levar a vaca para passear, ora! —, um malandro da área conhecido por Mandrake chegou com aquela conversa fiada para engabelar o jovem:

— João, meu camarada! Tô sabendo que tão querendo passar o cerol na sua vaca. E aí?

— Eu não vou deixar isso acontecer! — respondeu, abraçando o animal, que aproveitou a parada para uma breve descarregada fisiológica.

— Então, meu querido. Eu tenho uma solução que pode te ajudar — continuou Mandrake, tirando um pacote da mochila. — Tá vendo este pacote de feijão aqui? Os grãos têm propriedades mágicas, sabia? Você planta e eles te levam às alturas, se multiplicam, e assim matam a fome de geral! A gente pode fazer o seguinte: você deixa a vaca comigo que eu a levo pra um retiro não longe daqui, e então você fica com o megapack de feijões mágicos. Você pode visitá-la depois e todo mundo fica feliz. O que acha?

João fez uma conta rápida na cabeça, revirando os olhos para lá e para cá, concluindo que esse escambo seria uma boa para todos. Levaria comida em fartura para casa e Mimosa seguiria feliz para esse paraíso idílico prometido.

Chegando em casa empolgado com a solução alimentar, João levou uma surra daquelas de provocar sessões de análise para o resto da vida, que só parou porque, pelo menos, teriam feijão — o chato foi ter que dividir com a parentada toda, que não arredava o pé.

Enquanto os parentes iam embora, alguém entrou correndo e anunciou:

— Prometi não espalhar, mas tão sabendo do churrascão na casa do Mandrake?

Moral: Se for para trocar seis por meia dúzia, não precisa avacalhar.

PARDA DE NEVE

A conteceu na quebrada. Só quem é cria conhece a história da filha do Ruço, dono do boteco. A gente chama o cara de Ruço, mas ele nem veio da Rússia, não, é porque os avós dele eram tudo portuga. Que nem o Alemão do Gás, que de alemão não tem nada, mas porque tem olho claro a galera chama assim e tá tudo bem. Até porque o nome dele de verdade é Deoclécio, que ele odeia, mas revelo porque vim aqui pra contar as coisas mesmo.

O lance é que o Ruço teve uma filha, nascida assim café com leite, nem branca nem preta, que nem nós aqui. Mas geral ainda tinha aquela coisa de deixar os filhos o mais claro que pudessem, então chamaram ela de Branca. Vê se pode?

A gente cresceu junto e tal, e sou testemunha: a garota estudou muito, ralou pacas na birosca do Ruço. A mãe dela morreu, e quem dava ordem em tudo era a nova madrasta. E vou te falar: a mulher era o cão. Daquelas coroas querendo pagar de novinha, sabe? E digo mais: rolava o maior ciúme da Branca. Ela gostava de ver a garota limpando o chão, ouvindo caô de bêbado só pra vender mais cachaça.

Mas ó, a Branca tava ligada. Fez faculdade e o escambau, e, quando ela conseguiu um emprego de verdade, a madrasta cuspiu marimbondo. Então a garota saiu toda arrumada para o trampo novo, e tinha que ver, a outra botou um olho gordo daquele de seca-pimenteira e ainda ficou furiosa porque teve que atender no balcão. Sobrou foi esporro pro Ruço, coitado.

Depois de um tempo começou a trabalhar lá um sujeito que, na boa, não batia bem, não. Sabe aquela pessoa supersincera, que fala tudo na cara, tipo criança quando diz "mamãe falou que a vovó não presta"? O que a galera diz é que, um dia, movida pela inveja da enteada, ela perguntou pra esse Zé Ruela:

— Esparro, esparro meu, tem aqui na comunidade alguém mais gata do que eu?

Aí já viu, né? Foi perguntar logo pra quem? Podem ter aumentado a cena, mas parece que o malandro gostava de ouvir rap e foi assim que ele mandou na lata da coroa:

Só falo a verdade
E falo numa boa
Cê nem tá tão ruim
Pra esse estado de coroa.
Se quer uma resposta,

Uma resposta franca,
Tu fica é muito atrás
Da beleza que é a Branca.

Tem gente que não suporta ouvir a verdade, né? A mulher quebrou umas garrafas, jogando no sincerão, que rodou do boteco e sumiu do mapa. Mas ó, aquela consciência de que a enteada era mais gata tocou a coroa no vermelhão, lá no fundo, o que deixou ela mais furiosa ainda. A essa altura, a Branca já tinha se tocado de que a madrasta era puro veneno e logo juntou suas coisas e se mandou de casa, indo dividir um cafofo com uma galera da faculdade.

Quando ela respondeu o anúncio da vaga "convívio com minorias", não pensou que realmente era pra dividir o espaço com anões. Mas era uma galerinha tranquila, e rapidamente Branca se sentiu em casa. Na verdade, era só zoeira, irmão. Depois ela me contou que os caras eram os primeiros a se sacanear, chamando-se o tempo todo de "desfavorecidos verticais".

Foi nessa que atentaram pra ironia do nome dela, apelidando-a primeiro de Morena, depois de Parda, e ela levou tudo na boa.

Mas eis que, quando tudo parecia bem, Branca, ou melhor, Parda, foi visitar o pai pra matar a saudade. Fazia um calor desgraçado e, quando pegou um refri, a madrasta chegou na moita e tacou um "boa noite cinderela" no copo da menina, que tombou na hora.

Foi aquela correria, um deus nos acuda, e a coroa ainda soltou esta:

— Isso é enjoo. Pode estar grávida. Também, morando com aquele monte de machinho...

Era puro ódio. Mas, para o azar dela, a garota não bebeu muito do veneno e acordou poucas horas depois. Descobriram que tudo tinha sido obra da madrasta, que deu um vazari antes que fosse linchada pela comunidade, porque ali esse negócio de violência não era permitido, exceto no movimento, mas isso é outro parangolé.

O fato é que, depois que se formou, Branca, que não era mais branca, criou um quiosque de mini-hambúrguer, botou os anões pra trabalhar para ela, tudo gourmetizado, e parece que já vai abrir uma segunda loja La Parda Burguer. "Aqui tudo é acessível", diz ela, cheia de si. Tremendo orgulho pro Ruço.

Moral: Na moral, irmão, dá uma moral pros pardos.

OS 12 TRABALHOS DO PROFESSOR HÉRCULES

OS 12.000 TRABALHOS DO CONTADOR DE HÉRCULES

Seria desnecessário dizer que esta história se passa num inegável tempo de pindaíba. "Porque sem dificuldades não existe progresso", é o que diz o palestrante de autoajuda diante da plateia de professores, naquele evento promovido pela secretaria de educação a fim de motivar os mestres a olharem com mais atenção a metade cheia do copo.

Naturalmente, o sindicato de professores descobre não só que o palestrante estava ganhando os tubos para repetir platitudes (ou seja, bobagens) como também que o malandro é cunhado do subsecretário. A concorrência para ministrar "uma sequência de atividades específicas de formação continuada" teria sido vencida com toda a lisura que cabe a um processo da esfera pública, segundo o político nas redes sociais.

Ainda que boa parte dos docentes não dê a mínima para as sessões de araque, tem sempre aquela porcentagem da galera que vai na onda. Entre elas, o professor Hércules. Forte quase gordo, peludo e de óculos, tenta sempre melhorar de vida pelo caminho do conhecimento, de onde quer que ele venha. O professor gosta tanto que compra o livro do palestrante, intitulado *Passo a passo para ser fodaço*, pede autógrafo, tira selfie e sai determinado a dar uma guinada na própria vida.

É claro que o professor entende que não bastaria ler o livro para, num estalar de dedos, se tornar um sujeito bem-sucedido. Pega o décimo terceiro antecipado e paga uma sessão individual, à guisa de *coaching*, processo ao fim do qual fica estabelecido que o professor deve empreender, algo eficaz — ninguém sabe por que ainda tem tanto pobre no mundo, algo só explicado pela falta de iniciativa e preguiça. Segundo o guru, era preciso ativar o *network*, alcançar os *achievements*, *make a plan*, abraçar o *hardwork*, chafurdar de cabeça no *mindfulness*.

Após a consulta e a saraivada de anglicismos, o professor descobriu que precisaria executar 12 passos (na verdade, 12 *steps*) convertidos em atividades proativas acessíveis ao cidadão médio, conforme lista a seguir:

1) Professor de escola pública — desafio já executado pelo professor, constituindo uma tarefa hercúlea propriamente dita;

2) Professor em mais duas escolas particulares — é fato que o piso salarial para a categoria na rede oficial é uma merreca que precisa ser complementada, exigindo que o mestre corra de uma escola para outra, finalizando com o combo de 700 provas para correção em casa, todas escritas em miguxês e emoticons;

3) Entregador de comida de aplicativo — no caminho entre uma escola e outra, não custa nada fazer umas entregas;

4) Motorista de aplicativo — e já que acontece um deslocamento em veículo próprio com investimento idem, não custa otimizar o recurso levando pessoas pelo caminho e faturar algum. Pé em Deus e fé na tábua;

5) Vendedor de cosméticos — os catálogos podem ficar espalhados no banco do carro enquanto o passageiro descansa os olhos do celular e busca uma leitura que se reverta em benefícios. O encontro para a entrega dos produtos pode ser nova corrida, e taí a casadinha;

6) Vendedor de quentinhas — estamos no meio da jornada de sucesso, e todos precisam parar para comer algo. Basta encher a mala com isopores de rango rápido, cujo cheiro vende o produto por si só durante as corridas, em atividade integrada e evoluída do item 3;

7) Frete escolar — a gasolina já está paga, certo? Investimento feito? Então por que não agendar horários fixos para transportar a molecada para a escola onde se dá aula e ganhar mais um tanto?

8) Locutor de carro de som — o pacote do automóvel fica completo com a implementação de alguns decibéis a mais, que se convertem em cifrões a cada quilômetro rodado. As crianças adoram;

E para o fim de semana, pois descansar é para *losers*:

9) Vendedor de miçangas — muitos desprezam aquele artesanato aprendido com os bichos-grilos nas faculdades, atividade que sustentou inúmeras chopadas e que ainda encontra adeptos entre a juventude questionadora do sistema;

10) Divulgador de empreendimentos imobiliários *in loco* — o que alguns chamam de bico pode ser entendido como um extra, um bônus, um *plus*. O anonimato oferecido pela roupa de palhaço afasta qualquer timidez e ajuda a se concentrar no exercício de agitar a placa;

11) Atendente do McDonald's — atividade profissional mais democrática que existe, sabemos que a lanchonete aceita pessoas apenas para meio expediente e dias de maior movimento. Amo muito tudo isso;

12) YouTuber & digital influencer — para lacrar, todas as atividades acima são registradas e transmitidas em canal próprio, revelando a versatilidade de um profissional antenado e transmidiático.

Moral: O passado foi clássico, mas o presente ainda é de grego.

ALICE NO PAÍS DECOLONIAL

Naquele dia, a jovem Alice mal havia acordado e já tinha postado dois textos longos sobre empoderamento feminino e a necessidade urgente da linguagem inclusiva quando levou uma cacetada da mãe por, mais uma vez, não ter arrumado a cama e ter deixado a pia cheia de louças sujas.

— Você não entende, mãe! Lavar louça é herança do patriarcado! — berrava a jovem, do banheiro, sentada no chão e já redigindo no celular um breve manifesto sobre a liberdade de viver sem as amarras do contemporâneo.

Seguiu para a faculdade, onde naquele dia haveria uma chopada promovida pelo diretório acadêmico, evento no qual seriam discutidas estratégias para não só derrubar o presidente, mas também para desconstruir todo o sistema capitalista do mundo. Utopia vai, distopia vem, e Alice se viu sozinha num canto, tomada por certo entorpecimento causado por biritas mais mixadas do que as músicas sampleadas pelo DJ, além de outros itens de consumo aliviante e paralelo, quando passou correndo um coelho com colete, de onde tirou um relógio, olhou as horas e disse "Ai, vou perder o *Big Brother*!", rapidamente entrando num buraco.

Alice, olhando atentamente e tentando raciocinar, concluiu que o sujeito que passou era apenas um branquelo magricela viciado em reality shows. Mas se levantou, foi olhar de perto e viu que não se tratava de um buraco. Era apenas uma depressão. E caiu.

Após ver tudo rodando, Alice pareceu ter despertado num novo mundo, onde tudo parecia esquisito. Objetos falavam, paredes mudavam de cor, unicórnios dançavam zumba. De repente, estava numa sala com uma porta gigante que, à medida que se aproximava, encolhia. No canto da sala, havia um cupcake sobre uma mesa com um post-it escrito "me come". O bolo era de *cannabis sativa*, cujas propriedades fizeram Alice encolher, passando normal (e bastante zen) pela porta.

Do outro lado, Alice encontrou uma lagarta fumando narguilé em cima de um cogumelo gigante. Sem acreditar naquela imagem absurda, a jovem esfregou os olhos e disse:

— É por essas e outras que a galera de humanas não sai do estereótipo...

A lagarta, entre uma bafanada e outra, perguntou quem era ela. Ao narrar o acontecido, especialmente que tinha encolhido para chegar até ali, Alice ficou preocupada em recuperar o tamanho normal, então ouviu um conselho sábio e cheio de autoajuda:

— O importante não é ter altura, e sim grandeza! — e em dois movimentos rápidos, a lagarta virou borboleta e saiu voando, para fechar um clichê metafórico que em nada ajudou a garota.

Sozinha novamente, Alice decidiu utilizar suas referências culturais e começou a comer o cogumelo onde estivera a lagarta. Assim como em *Super Mario*, ela cresceu — porém ficando ainda mais chapada.

Seguindo em frente, esbarrou em um camarada magrinho, usando um paletó surrado e um chapéu esquisito, que mal viu a garota e já a convidou para um chá literário. Claro que era um poeta performático. Iniciou uma sequência de textos tão ruins que fizeram a moça ter engulhos e sair correndo.

Em outro ambiente, Alice encontrou uma mulher altiva, vestida de rainha, que, apesar de estar usando um monte de coraçõezinhos, parecia bem raivosa, pois mandava decepar a cabeça de um monte de súditos sem muita justificativa.

Um dos súditos que estava na fila passou perto de Alice e lamentou:

— Não existia aqui este estado totalitário. Quem mandava era gente de outro naipe. Mas ela deu um golpe e hoje é quem dá as cartas. Eu já fui líder sindical, mas hoje sou carta fora do baralho...

Ao ver Alice, a Rainha de Copas ordenou a um guarda que a prendesse:

— Você aí, parado feito um dois de paus! Pegue-a!

Alice foi valete, digo, valente, mas acabou sendo capturada. Passava por uma lavagem cerebral numa sala de tortura, e logo iria se tornar mais um dos soldadinhos daquele país opressor e que desconsiderava os direitos básicos dos indivíduos, quando teve uma ideia simples e eficaz para escapar da opressão quase inevitável:

— Eu tenho um trunfo na manga!

Alice simplesmente acordou. Na larica, mas livre.

Moral: Nada em excesso, inclusive a moderação.

O PATINHO FEIO, PORÉM ARRUMADINHO

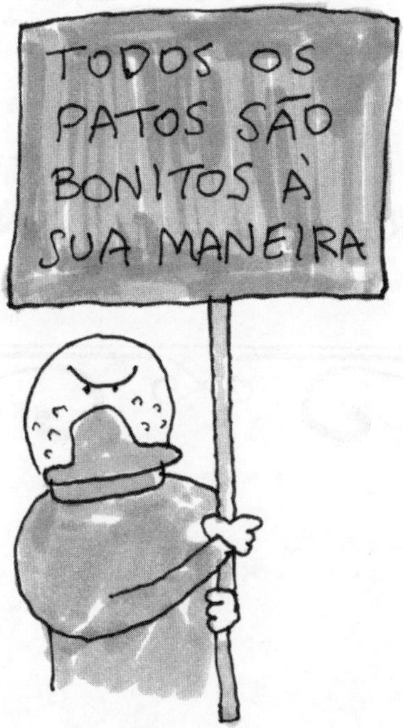
TODOS OS PATOS SÃO BONITOS À SUA MANEIRA

E ra uma vez uma pata que já não aguentava mais ouvir piadas infames dos vizinhos ("O que um pato faz com uma pata no escuro? Ele manca! Quá-quá-
-quá!") e decidiu se mudar para outro canto, a fim de viver em paz. Mãe solo, como acaba por ser o destino de todas as aves, carregou seus futuros filhotes até a nova residência.

Aos poucos, os ovos foram eclodindo, gerando patinhos amarelinhos, orgulhos da mamãe, uma graça que só vendo. No entanto, um dos ovos permanecia quieto, imutável, gerando comentários temáticos entre os irmãos:

— Até agora, nada. Estou chocado!

— *Duck,* será que ele tem medo?

— Fosse eu, já estaria colocando as asinhas de fora...

A pata, irritada com os duplos sentidos e preocupada com o filhote que não vinha, já pensava em fazer uma omelete para alimentar a família (mesmo que isso soasse como um tipo de canibalismo bizarro) quando o ovo temporão começou a rachar.

De dentro, saiu um pato esquisito, disforme, fraco de feição, que em nada se parecia com os outros, fazendo-a imediatamente se arrepender de ter consumido muita água que passarinho não bebe e experimentado na práxis a diversidade das espécies. Estava claro para a pata que seu novo filhote era apenas mais um mestiço.

Ainda que a mãe tratasse todos os rebentos com o mesmo afeto, entre eles era muito comum que o patinho troncho fosse alvo de bullying:

— Essa família não é pro seu bico!

— É pato reto, mermão: cisca daqui!

— Vai cantar de galo em outra freguesia!

Cansado da discriminação sofrida em casa, a pobre avezinha resolveu se pirulitar e desbravar o mundo, acreditando que lá fora seria diferente. Conheceu gansos, marrecos, perus, galinhas de todo tipo. E em todos esses grupos sofria a mesma rejeição causada pela sua arrepiante fealdade.

Até que chegou a uma comunidade composta por cisnes. Eram belíssimos, de elegância élfica, simétricos e papudamente orgulhosos de terem se tornado referência teatral e modelos de pedalinhos.

Mas, antes que se sentisse confortável nessa nova família, já vieram os jovens do grupo, em nado sincrônico, e mandaram na lata:

— Cara, mesmo para um cisne, como você é feio!

E o pobre, mais uma vez, seguiu viagem em busca de aceitação e acolhimento. Foi assim por anos e anos. Até que um dia, já mais velho, foi em busca do amor. Uma galinha de meia-idade, que já chegou arrastando a asa pra cima dele, teve o sentimento retribuído. Só então, quando viviam juntos, a penosa revelou que botava ovos de ouro, tendo fugido de outra fábula.

Tempos depois, o antigo patinho feio ficou viúvo e herdou a imensa bolada. Quando andava pela vizinhança, rapidamente os comentários, inclusive dos antigos irmãos, passaram a valorizar mais a sua beleza interior:

— Merece ser ovacionado!

— Está tudo às claras: como é belo!

— Esse, sim, vale a pena!

Moral: Quem ama o feio, bem rico lhe parece.

RAPUNZEL E A MENTIRA CABELUDA

Há um bom tempo, muito antes de as indústrias de cosméticos e tratamentos capilares dominarem o mundo, quando a palavra *coiffeur* ainda não tinha substituído cabeleireiro para cobrarem mais; antes de inventarem o tal "permanente" que desaparece em poucos dias (algo semelhante à paixão); e antes ainda da regra segundo a qual homens iam ao barbeiro mesmo sem barba alguma, posteriormente substituída pela explosão de locais exclusivos onde a barba, agora na moda, receberia tratamento vip com óleos, *balms*, *blends* e vapores aromáticos. Enfim, foi por essa época antiga que viveu um casal, e a mulher estava grávida.

Quando tudo parecia bem, ela teve o famoso desejo. A gravidez tem dessas coisas que em outros contextos seriam, com o perdão do trocadilho, inconcebíveis. Mas o fato é que a gestante queria porque queria comer nabos, algo que só crescia no terreno da vizinha, uma senhora que não chamaríamos de bruxa porque não demonstrava o manejo de propriedades sobrenaturais, mas se tratava de uma pessoa realmente muito azeda.

Daí que o marido, tendo oferecido tijolos como opção de belisquete, prontamente rejeitada pela mulher, foi escondido roubar os legumes da casa ao lado. E porque, quanto mais difícil, mais desejoso é o desejo, a grávida pedia todos os dias que os vegetais lhe fossem trazidos: "Quer que *nosse filhe* nasça com cara de nabo?"

(Registros históricos indicam que aquele povoado era avançado para a época, usando desde então a linguagem neutra — neutre? —, permitindo que cada indivíduo — indivídue? — optasse pelo seu caminho/a/e...)

Obviamente, a vizinha notou que estava sendo roubada e, em vez de dar queixa ou simplesmente impedir que os nabos fossem levados à grávida, pelo tradicional medo de ser acometida por terçol, deixou que o sujeito continuasse afanando sua horta. No entanto, logo depois do parto, a vizinha roubou o bebê e se mandou para bem longe.

A jovem, chamada de Rapunzel, cresceu e se tornou bem bonita, especialmente se comparada à sua sequestradora. Para que não fugisse, foi trancafiada numa torre, mais ou menos ali pelo terceiro andar.

Religiosa pentecostal ortodoxa e praticante, a velha não permitia que Rapunzel cortasse o cabelo. "Se precisar de transfusão de sangue também, pode esquecer", bradava, fazendo sinal da cruz e revirando os olhos.

E era por esse cabelo que, em formato de tranças, a idosa subia para levar suprimentos à jovem, que passava seu tempo cantarolando ou fazendo perguntas desconcertantes:

— Tia, se não há escada, porta ou qualquer forma de acesso a esta parte alta da torre, como ela foi construída?

A velha praguejava que esse tipo de pergunta subversiva só podia ser coisa do capeta. No dia seguinte, trouxe-lhe roupas ainda mais compridas.

E assim o tempo foi passando, com a jovem cantarolando e refletindo sobre as coisas da vida. Não veio príncipe nenhum.

Certo dia, ao chegar para levar uma refeição à prisioneira, a velha não precisou gritar para que a jovem jogasse as tranças, como fazia todos os dias, concluindo que a fome tinha feito a garota adiantar o processo. Ao subir, descobriu que, no final daquele monte de cabelo, não havia ninguém.

Lá de baixo, com cabelo agora estilo joãozinho, Rapunzel ateou fogo na trança, correu para a floresta e foi cuidar da própria vida.

Moral: Não é o cabelo, e sim a cabeça.

O MÁGICO DE OZ
E A GRANDE REVELAÇÃO

INFELIZMENTE ESTAMOS DESCON-
TINUANDO NOSSO DEPARTAMENTO
DE DIVERSIDADE

Este causo não começa no Kansas, mas vamos chamar a sua protagonista, oriunda de uma nova classe média-baixa recente em termos históricos, de Doroteia. Retornava para sua casa na Baixada Fluminense, local também conhecido como periferia, depois de uma entrevista de (sub)emprego que, desde o princípio, indicava uma negativa. Isso porque haviam demitido uma pessoa experiente nessa vaga para pagar menos a um profissional iniciante que, por sua vez, seria rejeitado de antemão por não ter experiência, nesses paradoxos que desaparecem nos congressos de Recursos Humanos, setor que agora atende pelo suntuoso nome de "gestão de pessoas".

Ao descer do trem e caminhar até a casa, Doroteia olhou o celular, onde havia um anúncio que parecia ter surgido do nada, por acaso, não pelo fato de ela ter pesquisado sobre os termos "emprego", "trabalho", "empréstimo" e, vá lá, "empreendedorismo".

A propaganda, piscante e seguida por frases positivas de fazer inveja a qualquer manual de autoajuda presente na lista de best-sellers, dizia em letras garrafais: "A oportunidade da sua vida!"

No que Dodô clicou no link, foi encaminhada para o preenchimento de uma ficha, que seria enviada para avaliação numa empresa de grande porte. E quem não quer uma chance numa empresa com esse nome suntuoso? Grande porte, um sonho!

Numa fração de segundos, quase automaticamente, uma mensagem chegou informando que o cadastro havia passado na triagem, de modo que a jovem deveria se encaminhar no dia seguinte para um determinado endereço.

Doroteia comprou um vestidinho azul parcelado no cartão e, no dia marcado, despencou-se para a entrevista. Desceu do trem e descobriu que deveria caminhar por uns dois quilômetros até o local indicado. Mas foi invadida por um pensamento reconfortante, de que o sacrifício renderia um belo resultado, como quem vai atrás do pote de ouro no fim do arco-íris.

No caminho, topou com um sujeito barbudo e assustado que também ia para a entrevista e pediu que ela o acompanhasse:

— Me ajuda, amiga! Sozinho eu tenho medo!

E não, Doroteia não pensou que fosse um tarado ou coisa parecida, acostumada que estava a reconhecer elementos perigosos na região. O sujeito, depois de revelar todas as fobias, concluiu:

— Esse emprego pode me ajudar a ter coragem!

E seguiram. Mais para a frente, se juntou à dupla um catador de latas, também inofensivo, porém indiferente a tudo. Após as apresentações, enfim demonstrou um sentimento de esperança e disse:

— Esse emprego pode me ajudar a ter alguma emoção!

Claro que, depois de mais um tanto, apareceu um terceiro indivíduo. Estava bem esmolambado, vestindo uns trapos esquisitos. Depois de umas frases limítrofes, revelou:

— Esse emprego vai me ajudar a ter mais tutano!

Chegando ao local, descobriram que havia uma pequena fila para entrar num galpão. Após a conferência na entrada, os quatro se viram diante de um palco, onde acendeu um telão, com pessoas ostentando carros, viagens, um luxo só. Em seguida, um palestrante entrou fazendo números circenses entremeados com frases motivacionais:

— Você pode ter isso tudo a partir de um pequeno investimento e indicando outras pessoas para a nossa família! Bem-vindos ao marketing multinível!

Moral: Se pirâmide fosse uma boa, os faraós ainda estariam por aí.

ROBINHO HOOD E A REDISTRIBUIÇÃO DE RENDA

ROBIN HOOD EMPREENDEDOR

ROUBA DOS RICOS PARA VENDER COM DESCONTO PARA OS POBRES

Viver no mato é bom. Desde que você não precise urgentemente de uma tomada. Foi com esse pensamento que Robinho, enquanto virava uma última talagada de cachaça e dava um soco no balcão do boteco fazendo careta, decidiu largar tudo para morar na floresta. Não, não foi para a selva tropical com seus perigos e tempestades que hoje servem para a gravação de reality shows com indivíduos pelados tentando sobreviver em condições inóspitas, tampouco para qualquer mata fechada onde não se pode enxergar meio metro à frente, com aquelas formigas medindo quase um palmo. A grande verdade é que Robinho foi se esconder num bosque urbano mesmo, nesses últimos refúgios na cidade grande onde se pode respirar um ar mais puro, contemplar uns miquinhos e fazer breves corridas com tênis reluzentes que custam nada menos que os olhos da cara.

Esse pequeno pedaço de terra verde era vizinho de um condomínio bacanudo, de gente elegante e rica, aquinhoada e, como se dizia havia não tanto tempo, cheia de dotes. Do outro lado, existia uma comunidade bem pobre, marcada pela distribuição equânime do miserê.

De tanto ver os dois extremos e, naturalmente, se identificando com os de menos posses, Robinho atocaiava os ricaços que faziam o *jogging*, afanava seus tênis esportivos e outros acessórios e os distribuía para os mais necessitados. Ele mesmo, tendo se desapegado das necessidades materiais e a caminho de se tornar um daqueles ermitões barbudos e sábios, não ficava com nada para si. Caminhava ao natural, sentindo até algum prazer masoquista quando um espinho lhe entrava na sola do pé.

Ao doar os bens roubados, explicava como deveriam proceder para ter algum:

— Só a grana deste boné já vale uma cesta básica para a família, ok, pessoal?

E foram se passando os meses. A polícia era acionada, mas nada de encontrarem Robinho Hood (ou Robinho do Mato, para os mais chegados), como a galera se referia a ele na quebrada, tornando-se quase uma lenda. Cada vez mais sujo e astuto, o camarada se tornou o terror das elites nas cercanias.

Certo dia (era noite, a bem da verdade), Robinho, que a essa altura já fazia dos roubos um grande passatempo, uma vez que no bosque em si não rolava muita novidade (Um galho quebrou? Ohh! A árvore mais alta floriu? Ahhh! A capivara deu cria de novo? Não brinca?), saltou em cima de um cara que, apesar dos riscos, não deixava de fazer seu exercício:

— Perdeu, playboy! Passa o pisante!

E só então notou que se tratava de um jovem para quem tinha dado o par de tênis dias antes. Estupefato, questionou o motivo pelo qual, em vez de fazer um dinheiro com o calçado, o sujeito estava ali usando o objeto, numa tremenda falta de consideração:

— Eu me arriscando aqui no mato pra transferir a vocês riquezas oriundas do capitalismo, e para quê?

O mancebo se sentiu meio envergonhado, mas por fim revelou:

— Sacumé, né, Robinho, esse tênis lindão dá uma tremenda moral. Se rico pode correr com ele, por que eu não posso?

Nos dias seguintes, a coisa se multiplicou. Robinho já não conseguia distinguir, entre os que passavam pelas trilhas, quem vinha do condomínio e quem vinha da favela, pois todos se calçavam de forma idêntica.

Até que, num átimo, Robinho entendeu que sua missão fora cumprida, como se tivesse promovido uma revolução pelo *cooper*. É claro que isso aconteceu apenas no bosque, pois lá fora os ricos continuavam ricos e os pobres permaneciam pobres, como sempre.

Isso não impediu Robinho Hood de sair do mato e ministrar palestras motivacionais sobre o *case* de sucesso. Seu livro *Trilhas da igualdade* não sai da lista de mais vendidos há semanas.

Moral: É preciso ter o pé no chão para promover reformas de base.

A CIGARRA, A FORMIGA E A VAGABUNDAGEM

VOCÊ QUE
É EXPLORADO
NÃO FIQUE AÍ
PARADO
PARASITA
DA LEI
ROUANET!

Era um verão daqueles em que, se um ovo é jogado para o alto, já cai cozido ou então com um pinto botando as asinhas de fora. E como ninguém na floresta contasse com as benesses pequeno-burguesas, era necessário trabalhar, fazendo a expressão "suor de cada dia" ter um sentido bastante literal.

Eis que as formigas, cujo sindicato tinha conchavo com as donas dos formigueiros e, desprotegidas pelas leis trabalhistas, tinham longas jornadas de trabalho e poucos minutos de descanso, seguindo a nova tendência das grandes corporações internacionais. Abrindo buraco, carregando folhas em filas indianas, as pobres operárias mal conseguiam tempo para comer um grãozinho de açúcar.

Até que uma, revoltada porque fazia horas que estava no sol a pino, se desprendeu da fila e começou a se rebelar, insuflando as outras:

— Companheiras! Assim não dá mais. Ninguém aguenta! Quando vamos descansar?

— Volta pra fila, sua tonta! — disse uma outra, assustada e com medo de receberem uma advertência da formiga supervisora.

— Nunca! Até quando vamos ser tratadas como robôs nesse sistema opressor e desumano? — continuou a revoltada.

— Desumano? Mas nem somos humanas, sua boba! Seja mais antenada! — entrava na conversa uma terceira, toda trabalhada no cinismo.

A formiga, de cabeça mais vermelha que as outras (de saúva que era), foi perdendo o controle:

— Vocês não veem, suas idiotas? Nós ficamos com menos tempo, e eles ficam com mais comida no formigueiro! O nome disso é mais-valia!

Diante de tal balbúrdia, um apito tocou, as formigas retornaram à fila, e a formiga subversiva foi expulsa para outro canto da floresta.

Enquanto vagava, solitária, esbarrou numa cigarra, que cantava o tempo todo. Ao ver o inseto voador soltando o gogó para qualquer um que passasse, a formiga se identificou:

— Menina, como você consegue ficar aqui sem trabalhar?

A cigarra revirou os olhos para a formiga e respondeu:

— E você acha que eu nasci sabendo cantar? Que não tenho preparo nem estudo? Que não invisto na minha formação, que as notas do meu canto lírico vêm do nada? Quanta ignorância! Aliás, tem um chapeuzinho ali para cada um dar sua contribuição, não viu?

A formiga pediu desculpas, e ambas ficaram amigas. Chegando o inverno e a consequente falta de comida, a dupla foi pedir um *help* lá no formigueiro, onde se sabia existir um estoque.

As duas foram recebidas pela formiga-rainha, grande e papuda, que não hesitou em dar um esculacho:

— Vocês não quiseram passar o verão todo cantando? Então agora que dancem!

E, de fato, a cigarra começou a cantar com o pouco de voz que ainda tinha naquele frio, e mesmo assim tinha muita bossa. Nisso, a formiga desordeira começou a dançar, enquanto as outras foram, de início, balançando a cabeça e, logo depois, o corpo todo.

Em pouco tempo, começava o primeiro sarau do formigueiro, cujo sucesso foi tanto que, dali por diante, sem ele, seria greve na certa.

Moral: A gente não quer só comida.

Ali Babaca e os Trocentos Ladrões

Ali era um babaca. Simplesmente um babaquara, como tantos outros zés ruelas que receberam um cargo no serviço público sem precisar aparecer para o trabalho, salvo uma vez por mês, na rápida visita para assinar a folha de ponto. Bastava devolver parte do salário para quem o indicou, à guisa de comissão ou, como diziam, agenciamento de oportunidades.

Ainda que o dinheiro pingasse todo mês, Ali não se contentava com aquela situação de receber um ordenado parcial, apesar das benesses de ser um funcionário fantasma. Queria mais da vida. "Sou um homem de ambições", falava sempre na birosca com um tom *mezzo* soberba, *mezzo* entusiasmo, sob os olhares quase filosóficos dos bebuns com palitos de dentes na boca, que por sua vez balançavam a cabeça concordando com o ímpeto do camarada.

Nesse ponto, vale lembrar que Ali não era árabe coisa nenhuma. Tinha esse nome porque o pai era fã de Woody

Allen, mas o funcionário do cartório, depois de perguntar "quê?" por três vezes, acabou escrevendo Udiali mesmo, na certidão. E nosso personagem acabou fazendo companhia aos tantos Valdisneis batizados em homenagem ao criador do Mickey.

Mas eis que Ali (agora com a vogal tônica no "A"), numa dessas idas à repartição, decidiu passar umas horas e conhecer um pouco mais do lugar. Enquanto olhava o setor onde cabiam meia dúzia de pessoas, ainda que houvesse umas 40 nomeadas, teve um insight daqueles e pensou que, caso ficasse no local de trabalho durante o expediente, receberia o salário integral.

Depois de encher o saco dos colegas implorando para fazer algo, enfim lhe deram um canto para se sentar, atribuindo-lhe a função de colocar umas folhas em ordem alfabética, levar pilhas de processos sebentos de um canto a outro e outras tarefas simples.

Ali era um babaca, mas não totalmente limítrofe. Enquanto fazia o trabalho, notou que, como em toda boa repartição pública que se preze, havia outro esquema além daquele em que já participava devolvendo uma parcela do salário. Bastou uma conversa regada a chope na hora do almoço para descobrir que havia desvio diário de verba, cuja partilha era feita mediante um sistema hierárquico organizado e produtivo. Esticando o olho na mesa de um funcionário, ele descobriu que a senha para entrar no sistema administrativo da repartição era composta pelas iniciais das chefias, Sebastião, Sandra e Messias: SESAME.

Numa daquelas pausas do meio da tarde, em que todos saem para fumar, resolver algo na rua ou abandonar o local de trabalho para simplesmente manter a tradição de gazetear, Ali entrou no sistema, não sem antes abrir uma dessas contas correntes com três cliques de celular, e transferiu para si mesmo uma verdadeira bolada. Foi para casa, gastando todo o dinheiro com bobagens, como pagar rodadas de cerveja para os amigos de boteco para ostentar que estava subitamente bem de vida.

Dali a um mês, retornou ao trabalho e, sabendo que ninguém havia desconfiado do seu golpe, mesmo porque era um entra e sai de dinheiro que ninguém havia notado, repetiu a façanha. Como tivesse sido fácil, fez as contas e, numa nova conclusão que abusava da lógica, percebeu que, se fosse ao escritório a cada quinze dias, teria dobrada a sua renda mensal.

Mas Ali queria mais da vida, como já foi dito. Nisso passou a ir toda semana, e não tardou para que passasse a ir todos os dias, pingando cotidianamente em sua conta o dinheirinho suado dos contribuintes. Por não faltar nunca e aparentemente desempenhar bem suas funções, acabou sendo promovido uma, duas, três vezes, enquanto organizava com seus novos subordinados o novo esquema de roubo do roubo do roubo.

Moral: Ladrão que rouba ladrão vira e mexe ganha eleição.

A PEQUENA SEREIA, MEIA LÁ, MEIA CÁ

Era uma vez o mar, essa vastidão enigmática do mundo, que significa tanto a origem da vida no planeta quanto o local onde residem os maiores perigos; que é tanto a belezura do horizonte quanto a fonte de um catatau de afogamentos. Contraponto do céu, onde não tem quase nada, quanto mais se afunda, mais se sente pressionado nas densidades abissais. Ah, o mar, multidão invisível de mistérios, em cuja Atlântida Poseidon palita os dentes com espinhas de grandes e pobres baleias vitimadas pelo canibalismo ancestral dos mitos antigos. O mar, em cuja base descansam vários aviões afundados, enquanto no céu não se vê submarino algum. E por aí vai.

Foi nesse ambiente paradoxal que nasceu Ariel, a Pequena Sereia, uma princesinha que, desde pequena, foi cercada por confusões de toda ordem. Ainda na escolinha, era trollada pelos crustáceos idiotas porque recebera um nome que, assim como Darci, Alcione ou Cris, servia para os gêneros masculino e feminino. Consta que os pais escolheram Ariel entre nomes unissex internacionais (Robin, Alex, Pat) para deixar em aberto as opções de gênero da filha (ou filho), seguindo as orientações de sexólogos heterodoxos e a desconfiança de pedagogos ortodoxos.

Mas se esse fosse o único problema de Ariel, seria tranquilo. Ela sofria com as impossibilidades típicas dos mestiços. Ora queria ser totalmente peixe para cruzar os mares no anonimato e não ter aquele monte de preocupação na cabeça, ora queria ser totalmente humana para curtir a vida num shopping ou, simplesmente, sair correndo por aí.

E ainda havia o problema das refeições: Ariel odiava peixe.

As crises de bipolaridade foram piorando à medida que a sereia crescia, ampliadas pelas redes sociais, que mostravam o tempo todo tanto humanos quanto peixes postando (peixe e posta é algo para não esquecer) sempre uma vida de felicidade plena (sim, na história, os celulares são à prova d'água, uma vez que as empresas não iriam deixar passar esse filão de mercado).

Seu pai, o rei Tritão, que no vulgo era apelidado de Fritão, uma vez que vivia ostentando um bronzeado que vinha à tona (!) nos meses mais quentes, sempre tentava consolar a filha. Lembrava que sua linhagem vinha de grandes deuses, surgidos da depuração da espécie, lembrando as versões que fracassaram no meio do caminho:

— Minha filha, podia ser pior. Há muitas gerações, nossos antepassados vinham ao contrário, com pernas humanas e cabeça de peixe. Uma coisa horrorosa!

Mas Ariel, como toda heroína, não se contentava com o que lhe fora oferecido. Queria mais e, contrariando a expectativa da família para uma vida cheia de mimos e privilégios reais, largou tudo e se enveredou pelos Sete Mares. Na verdade, só por dois ou três.

Conseguiu um estágio num parque aquático em Orlando, ficando amiga de umas orcas amicíssimas, alguns golfinhos viciados em entorpecente de baiacu e umas focas que viviam naquela constante felicidade dos tolos. O problema foi quando exigiram que Ariel começasse a cantar, na expectativa de deixar os frequentadores do parque siderados o suficiente para gastarem todo o seu dinheiro na lojinha de souvenir. No entanto, a jovem sereia era bastante desprovida de talento musical, fazendo com que o refrão de "Let it Go" soasse como uma gralha estressada, e que ela logo fosse demitida.

Afogada em dívidas, a jovem sereia seguiu à deriva pelos oceanos até chegar totalmente esgotada a uma costa. Antes de desmaiar, pensou: "Nadei, nadei e vou morrer na praia..."

Mas, ao despertar, viu-se socorrida por um sujeito estranho, metade homem, metade cavalo.

"Sou de Peixes, mas meu ascendente é Sagitário", disse ela, sorridente.

Ao fim, sereia e centauro se deram bem e, danados que só, já tiveram meia dúzia de cavalos-marinhos.

Moral: Filhote de peixe é uma ova!

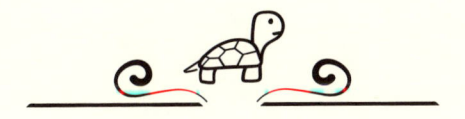

A LEBRE E A TARTARUGA NA CORRERIA

UMA PEÇA EM MEIO ATO

O cenário é onírico e fabuloso, com árvores coloridas e animais com roupas, comportamentos e feições de seres humanos dos tempos atuais — notam-se os bonés, as camisetas de marcas famosas e outros sinais que significam uma suposta qualidade de vida digna de qualquer propaganda de horário nobre. É uma tarde ensolarada de domingo, e a bicharada aguarda ao redor de uma pista de corrida, onde diversos animais fazem os últimos aquecimentos antes da largada. Entra um PORCO, *bochechudo e bem-vestido, que pega o microfone e anuncia ao grupo.*

PORCO

Meus amigos! É com satisfação que iniciamos mais uma edição da nossa tradicional Corrida Animal. Todo ano, realizamos essa competição para que nossa comunidade saiba qual espécie simboliza a vitória e o sucesso. Como sempre dissemos: o importante não é correr atrás, e sim correr na frente!

Já posicionados para a largada, a LEBRE *olha para o lado e, com um tique nervoso de quem sofre de ansiedade crônica, começa a falar em tom de deboche com a* TARTARUGA, *que, em vez de se alongar, apenas meneia a cabeça para os lados, como se ouvisse música reggae.*

LEBRE
Você não se enxerga não, minha filha? Seu lugar não é aqui, entre a elite da velocidade. Eu já vou ter gerado duas dúzias de filhotes e você ainda estará aqui na corrida.

TARTARUGA
Como? Ah, entendi. Eu estava com tempo de sobra, então decidi vir aqui participar da corrida, pegar um sol no casco. Está um dia bonito, não?

LEBRE
Tempo de sobra? Pra mim falta é muito tempo. É uma coisa essa vida. Eu vivo na correria, fazendo mil reuniões; é preciso cuidar da casa, das crianças, do corpo... Tô sempre atrasada. Mas essa adrenalina me agita... Olha, como eu sou boazinha, vou deixar você sair na frente para não te humilhar, ok?

Enquanto a LEBRE *falava com a boca repuxando para um lado e com piscadelas constantes, soa o apito, e a corrida se inicia. Os demais bichos seguem, cada um no seu ritmo. A* TARTARUGA *vai devagar, só no passinho, e ainda sorri lentamente para a plateia, que fica indignada com aquela lerdeza toda. Depois de um tanto de tempo, a* LEBRE, *enfim, sai em disparada, mas desacelera assim que passa pela adversária.*

LEBRE
Ainda aí, ô marcha lenta? Dá pra ver por que você se tornou sinônimo de atraso no mundo inteiro. Desculpa, mas a vitória é a minha meta. Fui que fui!

A LEBRE *engata uma quinta e acelera, sumindo rapidamente numa curva. Eis que, num trecho arborizado e bonito, ela para a fim de tirar umas selfies e postar nas suas redes sociais — tanto nas pessoais quanto no perfil profissional @rapid_rabbit. Não sem antes responder a mensagens, curtir e comentar fotos dos conhecidos. Passado um tempão, tanto os concorrentes quanto a própria* TARTARUGA *passam à frente. Quando se dá conta disso, a* LEBRE *corre desesperadamente, mas acaba cruzando a linha depois da* TARTARUGA, *com quem reclama, esbaforida e já tomando um ansiolítico.*

LEBRE
Isso não é justo. Eu estava na frente o tempo todo. Como posso ter sido derrotada pelo animal mais lento de todos? Vou perder seguidores! É muita coisa nessa vida!

TARTARUGA
Olha, minha amiga. Depois desses 120 anos, aprendi não só que devagar também é pressa, mas, ainda, que ela é inimiga da perfeição, que quem tem pressa come cru, antes tarde do que nunca e mais uma dúzia de provérbios. E o mais importante: ninguém aqui tinha alguma chance, pois quem venceu mesmo a corrida foi o GUEPARDO, que começou depois e terminou bem antes. Ele tá ali, ó, dando entrevista.

Animais repórteres cercam o GUEPARDO, *que tem camisa de patrocinador e sotaque queniano.*

GUEPARDO
Sim, depois do meu segundo infarto, eu comecei a fazer yoga. Tô tentando desacelerar, sabe?

Moral: Velocidade não é importante se você pensar que ela é apenas o quociente da distância dividida pelo intervalo de tempo, que, ao fim e ao cabo, são os mesmos para todos. Ou não?

Impressão e Acabamento:
LIS GRÁFICA E EDITORA LTDA.